AF482728

Abraham a Sancta Clara

Das Singen der Vögel: 19 kleine Erzählungen

e-artnow 2018

Giambattista Basile
Das Pentameron

Louise Anklam
Kindergeschichten

Aesop
Gesammelte Werke und Tiermärchen von Aesop (Äsop)

Abraham a Sancta Clara
Wunderlicher Traum von einem großen Narren-Nest (12 Kurzgeschichten)

Oscar Wilde
Der glückliche Prinz und andere Märchen

Abraham a Sancta Clara

Das Singen der Vögel: 19 kleine Erzählungen

e-artnow, 2018
ISBN 978-80-273-1566-6

Inhaltsverzeichnis

Der Dank

Alles, was da ist, ist zum Nutzen des Menschen erschaffen. Das Singen der Vögel, das Springen der Hirsche, das Blöcken der Schaafe, das Brüllen der Ochsen, die Hitze des Feuers, das Rieseln des Wassers, der Seegen der Felder, der Regen der Wolken, das Licht der Sonne, der Glanz der Sterne, der Schatten der Wälder, das Gras der Wiesen, kurz, alles ist zum Dienst und Nutzen des Menschen bestimmt. Der Mensch ists der Herr der Schöpfung, und alle übrigen Geschöpfe sind ihm unterthan. Verdient diese Gnade keinen Dank gegen den Schöpfer?

Selbst die Thiere sind dankbar für erhaltene Wohlthaten.

Wie erkenntlich, wie anhänglich sind das Pferd, der Hund, und andere Hausthiere, für die Wohlthaten, welche der Mensch ihnen erweißt? Der Mensch allein, dieses mit Vernunft begabte Wesen, sollte undankbar seyn? Der Undank schmerzt sehr.

Hat dir Einer Dienste geleistet, so lohne es ihm mit Dank, und wirf ihn nicht weg, wenn er dir nicht mehr nützen kann, wie eine ausgepreßte Zitrone.

*

Nichts schmerzt so sehr, als der Undank derer, denen wir wohl gethan haben.

Die Narrenkappe

Ein geschickter Mahler erhielt einst den Auftrag, das Porträt eines reichen Kaufmanns zu mahlen, welcher seines Geldes wegen sehr stolz und aufgeblasen, und doch geitzig war. Man kam überein über den Preis, und der Künstler lieferte ein Meisterstück Das Gemählde war so ähnlich, daß jeder es mit dem ersten Blick erkannte, und ihm nur die Sprache zu fehlen schien, um zu leben. Der Kaufmann hatte eine große Freude, als er aber zahlen sollte, suchte er dem Künstler eine große Summe abzuziehen. Dieser wollte sich den Abzug nicht gefallen lassen, und da sie nicht einig werden konnten, behielt er das Bild, versah es mit einer Narrenkappe, und hängte es in seiner Wohnung zur Schau aus. Das Zuströmen der Neugierigen war groß, und da jeder sogleich das Bild erkannte, so war des Witzelns und Spottens kein Ende. Der Kaufmann erfuhr es, und bezahlte nun gern alles, was der Mahler forderte, allein mit allem Gelde konnte er die Schande ncht wieder abwaschen.

> Friß Milch, friß Käs, friß von der Kuh,
> Was deinem Maulmag schmecken;
> Friß Butter, Schmalz und Speck dazu,
> Mach's wie die Kloster-Katzen?
> Friß Neidhund! Friß rein alles weg,
> Bleibst doch ein dürrer Bogen,
> Bleibst ohne Bauch und Rogen.

Die Neidigen gleichen den Nachteulen, welche kein Licht ertragen können, und von ihm geblendet werden; den Kothkäfern, welche aus den Rosen sogar nur Gift, und schädliche Säfte saugen; den Feilen, welche alles zerkratzen, was sie berühren, zugleich aber sich selbst verzehren; den Brunnen, welche gewöhnlich im Winter warm, und im Sommer kalt sind; den Bäumen, welche alle junge Bäumchen, welche in ihrer Nähe aufwachsen möchten, ersticken; gewissen Fieberkranken, welchen alle Speisen bitter schmecken; den Fliegen, welche Menschen und Thiere nur immer gern an wunden Stellen plagen. O verdammter Neid! Du bist ein Geschwür des Herzens, ein Peiniger des menschlichen Herzens. Jedes andere Laster gewährt doch noch einigen Genuß, der Neidige wird aber niemals seines Lebens froh, denn er trägt mit sich einen Wurm, welcher immer nagt, und sein Herz beunruhigt. Jedes andere Laster läßt sich doch verbergen, denn es giebt Heuchler, welche von außen Lämmern gleichen, von innen aber garstige Wölfe sind, es giebt Nüsse, welche schön und voll scheinen, deren wurmstichiger Kern aber Ekel erregt. Der Neidige ist nicht im Stande, die Gefühle seines Herzens zu verbergen. Die fahle Farbe seines Angesichts, die eingefallenen Wangen, die düstern Augen, und das Knirschen seiner Zähne verrathen ihn.

*

Der Neid saugt aus allem Gift und Gallen. Des Nächsten Übel macht ihm gut, des Nächsten Gut macht ihm übel.

Es geschieht sehr oft, daß manche durch Talente und Kenntnisse sich empor schwingen, und wollte Gott! Es geschehe immer! Wollte Gott! Man nähme bey Beförderungen nur auf Verdienste und nicht auf Reichthum, Geburt, ec. Rücksicht! Die Sachen würden besser stehen. Wenn es aber geschieht, dann erheben sich die Neider. So wurde David beneidet, als er von dem Hirtenleben bis zum Throne gelangte; so Marchochäus, welcher am Hofe so viel galt; so in alten und neuen Zeiten so viele Männer, welche ihre Erhebung immer ihren Verdiensten verdankten. O verdammter Neid!

Der Arme gelangt wohl manchmal zu Glück und Reichthum. Saul, als er seines Vaters Esel suchte, war sicher nicht in Seide und Sammet gekleidet, und doch gelangte er auf den Thron. Aus den ekelhaftesten Lumpen wird oft das herrlichste Papier gemacht. Es giebt einen elenden Wurm, welcher den Winter über sich in die Erde verbirgt, im Frühling aber geht er als der schönste Schmetterling hervor. Auch du bedrängter Armer bist ein Wurm. Jedermann tritt dich mit Füßen, und deine ganze Haabe füllt oft nicht einen elenden Bettlersack. Gedulde dich! Vielleicht lacht auch dir die Sonne des Glücks. Vielleicht wachsen auch dir noch Flügel, mit welchen du dich über andere erhebst. Wenn es aber geschieht, dann wird der Neid dich verfolgen, und die Schmähsucht wird dich verläumden. Neidhart! Was that dir denn der Glückliche, daß du ihn so anfeindest? Ich kann es nicht ertragen, antwortet er, daß ihm gut geht. Gottloser Neid!

*

In der Arche Noe's waren nicht lauter Papagayen, und Paradiesvögel, sondern auch Gimpel, und Eulen. Petrus in seinem Netze hatte zuverlässig nebst den Forellen, auch Fische gröberer Art. Abraham theilte seine Verlasschaft nicht in gleiche Theile, sondern dem Einen mehr, dem Anderen weniger. So auch die Natur, in Hinsicht körperlicher Schönheit. Dem Einen giebt sie ein schönes Antliz, dem Andern eine häßliche Larve, und daher der Kern so vielen Neides unter den Menschenkindern.

Eine Fabel

Ein Bauer ging durch einen Wald, und hörte plötzlich ein großes Wimmern, Er gieng darauf zu, und fand, daß eine große Schlange in einem engen Felsenloche eingesperrt war, indem ein vorgewälzter Stein die Öffnung schloß. Sie bat flehentlich, sie zu retten, und versprach den Bauer zu lohnen, wie die größten Wohlthaten unter den Menschen belohnt werden. der Bauer ließ sich erbitten, allein kaum ssah sich die Schlange in Freyheit, als sie ihren Befreyer erwürgen wollte, indem sie versicherte, daß das der Weltdank sey, welchen sie ihm versprochen hatte. Nun flehte der Bauer seinerseits, und man kam endlich überein, einen Schiedsrichter zu nehmen. Sie giengen, und trafen bald einen abgemergelten Schimmel auf einer dürren Waide. Sie fragten ihn, warum er sich mit so elender Kost behelfe, und nicht lieber zu Hause, und in Ruhe, seinen Haber verzehre? »Ach«, seufzte der Schimmel, »für mich giebt es keinen Haber mehr. Ich habe 30 Jahre einem Edelmann gedient, und ihn im Kriege zweymal dem Tode entrissen. Nun ich alt, und schwach bin, hat er mich verstoßen, und zum Hungertode verdammt.« Die Schlange wollte nun ohne weiters den Bauer verzehren; allein dieser behauptete, Ein Spruch reiche in solch einem Falle nicht hin, und die Schlange ließ es sich gefallen. Sie wanderten weiter, und sahen einen Hund, welcher einem Gerippe glich, und an einen Zaun angebunden war. »Wie, Herr Philax«, rief der Bauer, »ihr seht ja erbärmlich aus. Wie seyd ihr in diesen Zustand geraten?« Der arme Hund erzählte winselnd, daß sein Herr, welchem er auf der Jagd so manchen fetten Braten zugetrieben, und Haus und Hof bewacht habe, ihn verstieß, weil er nun fast blind, gehörlos sey und keine Zähne mehr habe. Er sey nun hier angebunden, und erwarte nun jeden Augenblick erschossen zu werden«. Länger wollte sich die Schlange nicht halten lassen, doch willigte sie endlich ein, auch den dritten Richter noch anzuhören. Auf ihrer Wanderung begegneten sie bald einem Fuchs, welchem sie die Sache vortrugen. Dieser blickte schlau und schmunzelnd umher. Er zog den Bauer bey Seite, und erkundigte sich, ob er einen gutbesetzten Hühnerstall habe. Dieser bejahte es, und versprach dem Richter eine reiche Beute. Nun nahm der Fuchs eine wichtige Miene an, und erklärte, das Urtheil nicht eher fällen zu können, bis er an Ort und Stelle sich von dem ganzen Vorfall genau überzeugt habe. Man begab sich zu der Felsenhöhle, und die Schlange mußte auf Befehl des Richters in das Loch zurück kriechen, um, wie er sagte, alles beobachten zu können. Es geschah, und der Bauer wälzte schnell den Stein wieder vor die Öffnung. Als er sich in Sicherheit sah, ergoß er sich in Danksagungen, und bestellten den Fuchs, am frühsten Morgen des nächsten Tages, den versprochnen Lohn in Empfang zu nehmen. Er stellte sich ein, allein zu seinem größten Unglück. Die Bäurin wollte nicht einwilligen, ihre Hühner preiß zu geben, und schlug dem armen Fuchs für die geleisteten Dienste, den Rückgrad entzwey. Sterbend jammerte dieser sein unglückliches Schicksal, und betheurte, daß ihn der Tod weniger schmerze, als der Undank, mit welchem man ihn lohnte. Diese Fabel stellt das Bild so vieler undankbaren Menschen dar, welche ihren Wohlthätern Gutes mit Bösem vergelten. Groß ist die Sünde des Undanks der Menschen gegen einander, allein noch viel unverzeihlicher ist die Undankbarkeit gegen Gott, welchem wir so viel zu verdanken haben.

Die Probe

Ein reicher Mann hatte einen Freund, welcher immer nur eine Gelegenheit zu finden wünschte, seine uneigennützige Freundschaft beweisen zu können. Jeder Gefahr, sagte er, selbst dem Tode sei er zu trotzen bereit, um seinen Freund von seiner Treue zu überzeugen. Dieser beschloß, ihn auf die Probe zu stellen. Nach Mitternacht kam er einst mit zerstörtem Angesichte, und beladen mit einem Sacke, welcher Spuren des Blutes hatte, zu seinem Freunde. »Freund!« sagt er, »ich beschwöre dich, mich aus großer Noth zu retten. Ich bekam Streit mit einem meiner Bekannten, und hatte das Unglück, ihn zu ermorden. In diesem Sacke ist der Leichnam, und ich beschwöre dich, ihn in deinem Hause zu verbergen. Wir können ihn in deinem Garten begraben.« Der Freund, welcher um seine Freundschaft zu beurkunden, zu sterben bereit war, wollte nichts von der Sache wissen. Er befahl dem Geängsteten, sogleich sein Haus zu verlassen. Nun öffnete Her Claudius, so hieß der Mann, den Sack und zog ein frisch abgestochnes Kalb hervor. »Ich habe deine Freundschaft erprobt,« sagte er. »Dieses ist der letzte Bissen, welchen ich deiner Schmarotzerkehle widme. Verzehre ihn, betrete aber meine Schwelle nicht mehr.«

Das kleine Ehe-Barometer

Der Ehestand ist ein Baum, welchen Gott selbst pflanzte. Er grünet und blühet lieblich, daher so viele Menschen in seinen Schatten sich legen möchten. Nachher aber finden sie oft, daß der liebliche Baum ein wahrer Passionsbaum ist, welcher nur Kreuz und Leiden trägt. Ich bin der Meinung, die Eheleute müssen einen harten Kopf haben, weil sie oft schmerzlich gekämmt werden; gute Zähne, weil sie manche harte Nuß zu beißen bekommen; einen festen Rücken, weil sie schwere Bürden zu tagen haben; gute Lebern, weil so oft und so manches drüber kriecht; gute Füße, weil der Schuh sie sehr oft drückt. Des erste Erforderniß im Ehestand ist – Geduld.

Wer denn doch in diesen Stand sich begeben will, soll wenigst vorsichtig zu Werke gehen, damit ihn die getroffene Wahl nicht reue.

*

Da sind Geld, Schönheit, Ansehen, Verwandtschaft, und hundert andere Dinge, welche man beabsichtigt; an Tugend, und andere gute Eigenschaften wird wenig gedacht. Daher könnt es auch, daß so viele ihre getroffene Wahl bereuen. Wie mancher Gatte wünscht wieder frey zu seyn? Wie manche Gattin flucht der Stunde, in welcher sie den Trauring erhielt? Dem Augenblick, in welchem sie das Jawort von sich gab?

Der Ehestand gleicht häufig dem Fische. Da sieht man viel Fröhlichkeit, und muntere Sprünge, im Hintergrunde aber findet sich Galle, ungeheuer viel Galle.

*

Ihr Unzufriedenen in der Ehe habt euch eure Leiden selbst zugezogen, weil ihr so unbesonnen, so eilig, so vernunftlos in euerer Wahl waret.

Ein böses Weib ist für Ehemann eine große Plage. Es ist wahrlich besser unter Tygern und Löwen, unter Bären und Wölfen zu leben, als mit einem bösen Weibe. Ein böses Weib ist ein knarrender Wetterfahn, eine betäubende Klapperbüchse, ein gewichster Mantel, durch welchen das Wasser der Ermahnung nicht dringen kann, ein Blasbalg des Zorns, ein Ziehpflaster für den Geldbeutel, die Grabstätte des Frohsinns, der Inbegriff aller Bosheit, welche man mit Worten nicht genug beschreiben kann. Gebirgichte Gegenden geben den Donner in vielfachem Wiederhall zurück. Hierin gleicht ihnen ein böses Weib, obwohl sie kein Berg, sondern ein Thal, nämlich ein Jammerthal ist. Jedes rauhe Wort des Mannes, giebt sie mit zehen, und mehr Schimpfworten zurück. Die alten hatten bey den Trauungen oft seltsame Gebräuche, über deren Sinn und Bedeutung die Gelehrten verschiedner Meinung sind. In einem Lande war es Sitte, die Thüre, und die Thürschwelle, über welche die Braut eingeführt wurde, mit Oel und Fett zu beschmieren. Ich weiß die Bedeutung dieses Gebrauches nicht, doch glaube ich, daß man anzeigen wollte, die Frau soll still seyn, und ihre Zunge im Zaum halten; wie die Thürangeln, wenn sie mit Fett beschmiert werden, aufhören zu schreyen und zu knarrren.

*

Belehrend für böse Weiber ist folgende Fabel:

Ein Weib wurde von ihrem Manne so mißhandelt, daß sie in der Verzweiflung auf das Feld lief, in der Absicht, sich selbst das Leben zu nehmen. Hatte sie den Muth nicht, oder besann sie sich eines Bessern, kurz! es unterblieb. Trostlos setzt sie sich an den Fuß eines Strauchs, und weinte und klagte bitterlich. Da fieng der Strauch zu sprechen an. »Du hast Unrecht, sagte er, dich zu beklagen, da du selbst die Ursache deiner Leiden bist. Du erbitterst deinen Mann durch Eigensinn und Widerstand. Betrachte meinen Nachbar, die Eiche; und sieh, wie seine Blätter zerfezt, und seine Äste zersplittert sind. Die Starrsinnige bietet den Stürmen Trotz, und diese rächen sich dann, und verursachen diese Verwüstung. Ich bleibe unversehrt, denn ich biege und schmiege mich, wenn die Stürme toben. Folge meinem Beyspiel.«

Ein zänkisches Weib, ist wie ein immer durchtriefendes Dach.

Der Gatte eines solchen Weibes ist ein bedaurenswerther Tropf; die Dienstbothen, die Kinder sind unter ihrer Zuchtruthe arme Tröpfe.

Wenn indessen von einer Seite ein zänkisches Weib die größte Plage ist, so liegt wohl manchmal und sehr oft der Fehler bey den Männern. Sie sind ärger, als der Satan. Wenn diese Menschen nur bedenken wollten, daß sie mit ihrem Toben , und zornig seyn, nichts nützen, wohl aber viel schaden.

Der Zornige gleicht dem Meere, welches, wenn es in Unruhe ist, wenn Stürme die Wellen empor thürmen, allen Unrath auswirft. Eben so der Zornige. Wenn eine Kleinigkeit seine Galle rege macht; wenn etwa die Köchin eine Speise verdarb, die Kinder im Hause umher lärmen, oder die Gattin durch Widerspruch ihn erbittert, so bricht der Sturm los, die Wellen thürmen sich und der Unrath, das ist, Schimpfworte, und Flüche aller Art werden ausgeworfen. Welcher Schaden wurde schon durch Feuer und Wasser auf der Erde angerichtet? Und doch ist es eine Kleinigkeit gegen das Elend, welches durch den Zorn in die Welt kam; die Schandthaten und Ungerechtigkeiten, welche durch ihn verübt wurden; das Blut, welches durch in floß, Verdammter Zorn! Du bist ein Mörder des Gemüths, ein Zertrenner des Friedens, das Gift des Lebens, ein Kuppler des Todes, ein an menschlichem Blut sich labender Tyger, ein Räuber des Verstandes, eine wahre Schule der Narrheit, der Weg zum Verderben. Nicht nur die Seele also, auch die Gesundheit, der Körper wird dadurch zerstört. Welches Elend! Wenn die Galle in das Blut übergeht, und alle Säfte verdirbt. Geduld, ihr Ehemänner, ist für euch eine unentbehrliche Tugend. Wenn ihr in dem Ehestand anstatt des Bisamkrauts eine Brennessel pflükket, was hilft es euch zu schreyen: der Tod ist im Topfe? Das Übel ist einmal geschehen, und nur Geduld kann dasselbe heilen, oder doch verringern. Geduld ist auch den Weibern nothwendig. Sie können durch sie ihre Leiden sehr erleichtern, und ihre zornige und rohe Männer durch Sanftmuth bessern. Mancher rohe Ehemann wird auch vom Bösen gequält. Seine Stimme gleicht der eines Löwen, seine Zuge der einer Schlange, seine Augen denen eines Tygers, seine Hände den Tatzen eines Bären. Diesen bösen Geist kann die Gattin nur durch Geduld und Sanftmuth besänftigen.

Geduld also, ihr Weiber und ihr Männer! Geduld in den Stunden der Trübsal, und des Kummers! ,Geduld, wenn ihr das Unglück habt, Herzenleid an eueren Kindern zu erleben!

Das Heiraten gleicht dem Fischen. Mancher fischt, und bekömmt einen stattlichen Haufen, eine gute Hausfrau, welche ihr Brod nicht ißt im Müßiggang. Ein Andrer fängt einen Karpfen, eine Reiche, mit welcher er einen Rogen zieht. Dieser fischt und fängt einen elenden Weißfisch, welcher voll Gräte ist; und jener gar eine giftige Schlange. Das Heirathen gleicht einem Glückstopf. Manche zieht, und erhält einen Kamm, welcher sie tüchtig zauset. Diese zieht einen Schwamm, einen Saufer welcher niemals trocken wird. Jene erhält Würfel, einen Spieler, welcher alles durchbringt und b und Kinder an den Bettelstab versetzt. Da rufen die armen Betrognen: Ach, hätte ich das gewußt!

Mancher läßt sich durch die Schönheit verblenden, ohne des Sprichworts sich zu erinnern: Schönheit vergeht, Tugend besteht. Wenn die Schönheit des Körpers wäre wie die Kleider der Israeliten in der Wüste, welche in 40 Jahren sich nicht abnutzten; allein manche hat jetzt goldne Haare, und bald maßt sie sich wie eine alte Bruthenne. Die Augen sind glänzend schwarz, aber bald werden sie triefend, und roth, wie die gewisser Tauben. Die Wangen sind voll, und lieblich, aber bald werden sie einfallen, wie ein leerer Dudelsack. Die Nase ist schön geformt, alabastern, aber bald wird sie ein alter Kalender, welcher immer nasses Wetter anzeigt. Der Mund glänzt wie Corallen, aber bald wir er einer gerupften Blaumeise gleichen. Der Wuchs ist schön, aber bald geht er in Trümmer, wie die alabasternen Büchsen der Magdalena. Tugend besteht, aber Schönheit vergeht. Ein bloß schönes Weib gleicht den Apothekerpillen, welche von aussen schön vergoldet sind. Ein schönes Weib ohne Tugend ist wie ein goldner Becher, in welchem saurer Landshuterwein ist; wie eine gefiernißte Tabaksbüchse. Da ruft der arme Betrogne! Ach hätte ich das gewußt!

Manche glaubt einen Engel zu bekommen, und erhält einen wilden Mann. Diese hat einen Saufer zum Mann, und ist ein geplagtes Geschöpf, denn es ist eine wahre Pein, immer mit einem solchen Menschen umgehen zu müssen. Wie vieles Unglück ist schon aus der Trunkenheit entstanden?

Wie mancher Säufer hat schon sich, und die Seinigen durch seine Trunkenheit an den Bettelstab gebracht?

Ein Bettler sprach einst einen Herrn, welcher zu Bette lag, um ein Almosen an. Dieser antwortete, daß er der starken Kopfschmerzen wegen nicht aufstehen könne, und gestand, daß er den Tag zuvor zu viel getrunken habe. Wenn das ist, so trinkt heute noch mehr, sagte der Bettler, und als der Herr ihm bemerkte, daß er dann morgen wieder Kopfschmerzen haben werde, erwiederte er, daß er die Ladung alle Tage verdoppeln müsse. Was wird aber am Ende aus mir werden? fragte der Herr. Ein Bettler, wie ich, sagte dieser lachend. Auch ich war einst wohlhabend, und der Hang zur Trunkenheit hat mich in diesen Zustand gesetzt.

Die Frau eines solchen Trunkenboldes klagt nun bitterlich: Auch hätte ich das gewußt! Du hättest es wissen können, arme Betrogne, allein du warst geblendet, wie Tobias, Du fragtest weder Gott noch deine Ältern, oder deine Freunde um Rath. Der Knabe ließ dir keine Ruhe, und du hast dein Unglück dir selbst zugezogen.

*

Willst du heirathen, so besinn dich fein
Sonst bekömmst du Essig statt des Wein!

Der gute Rat

Eine reiche, ab er schon bejahrte Witwe, fühlte noch Lust zum Heirathen. Sie stürmte täglich den Pfarrer des Orts, ihr guten Rath zu ertheilen, da sie in ihren jungen, hübschen Knecht sehr verliebt war. Der Pfarrer, als ein kluger Mann, rieth ihr weder zu noch ab, sondern ermahnte sie bloß, die Sache wohl zu überlegen. Da sie indessen immer in ihn drang, so sagte er, sie sollte Acht geben, was das Geläut am Sonntag ihr rathen würde. Der Sonntag kam, und als mit 2 Glocken geläutet wurde, so glaubte die Witwe deutlich zu hören: nimm den Knecht! Nimm den Knecht! Denn die Verliebten sehen und hören, was sie wollen. Sie heirathete den Knecht, und bemerkte es bald, daß er nicht sie, sondern nur ihr Geld hatte haben wollen. Er mißhandelte sie, und sie war von der Frau zur Magd hinabgesunken. Da sie dem Pfarrer Vorwürfe seines Rathes wegen machte, so antwortete er; sie hätte warten sollen, bis mit allen, mit 3 Glocken geläutet wurde, da würde sie gehört haben: nimm nicht den Knecht! Nimm nicht den Knecht! Die arme Betrogne rief: Ach hätte ich das gewußt! Es war zu spät. Sie hätte früher bedenken sollen, daß Kapaunen und Kuhefleisch in einem Topf nicht zusammen passe; daß der alte Kalender mit dem neuen nicht übereinstimme; daß sich alte Spitalwaare nicht für einen neuen Kramladen schicke.

Falsches Vertrauen

Es ist einstens ein Spanier mit gantz langsamen und gravitätischen Schritten über ein Eyß ge-
gangen / es war aber das Eyß an ein oder andere Ort schon ziemlich zerspalten / dahero er
unversehens durch das Eyß in das Wasser geplumpfft / und ihm fasst die Hirn-Schalen zer-
schnitten / wie man mit grosser Müh endlich aus dem Eyß gezogen / schickte man augenblick-
lich umb einen Barbierer / der wendete den möglichsten Fleiß an / und suchte ob nicht etwann
dem Hirn ein Schaden geschehen / da er nun lang gesucht / stehet ungefähr ein Narr auf der
Seiten / Herrle! Herrle! sagt er / was suchst so lang? Der Barbierer antwortete: das Hirn / ey
bey Leib nicht! versetzte der Narr / der Gimpl hat ja kein Hirn / dann wann er ein Hirn gehabt
hätte / so wurde er vorhero geschaut haben / ob das Eyß gantz ist oder nicht; dieses sag ich
auch / derselbe hat kein Hirn der der Welt zu viel traut und auf sie baut.

Die Wahl

Die Bäume und Gesträuche kamen einst überein, einen König aus ihrer Mitte zu wählen. Es kamen mehrere zum Vorschlag, deren einige den Antrag nicht annahmen, andere aber verworfen wurden. Gegen den Ölbaum machte man die Einwendung, daß er zu fett sey, mit Schmieralien umgehe, welches für Obrigkeiten nicht tauge. Dem Feigenbaum war man vor, daß seine Früchte zu süß seyen, indem Obrigkeiten sehr auf Strenge mit Sanftmuth verbinden müssen. Der Weinstock sah es selbst ein, daß er nicht tauge, weil seine Früchte so gern berauschen, und die Obrigkeit immer nüchtern seyn muß. Nach langen Unterhandlungen wurde endlich der Dornstrauch gewählt, seiner Spitzfindigkeit wegen, und weil er mit seinen Dornen sich vertheidigen kann.

*

Wie oft geschieht es leider, daß Menschen ohne Verdienst befördert werden, während der verdienstvolle Mann umsonst um ein Amt bettelt? Dieses schmerzt und erbittert. Wer wir sich die Mühe geben, Kenntnisse zu sammeln, wenn diese nicht anerkennt und belohnt werden? Wer wird treu und redlich seyn wollen, wenn er sieht, daß der Schurke dem ehrlichen Manne vorgezogen wird?

Die Begegnung mit der Wahrheit

Ich, ich suchte die Wahrheit mühsam, und lang vergebens. Schon gab ich alle Hoffnung auf, sie zu finden, als ich sie endlich entdeckte, allein in einem Aufzug, der mich staunen machte. Sie hatte einen langen mit Blumen gestickten Mantel, in welchen sie sich einhüllte, wie der Seidenwurm in seine Puppe. Um den Hals hatte sie statt der Modekrause einen langen Fuchsschwanz, und ihr sonst so schönes Gesicht war zerkratzt, als hätte sie den Katzen eine Schlacht geliefert. Die Lippen waren blau, und aufgeschwollen. Frau Wahrheit sagte ich, nachdem ich mich von meinem Erstaunen erholt hatte, wer hat euch so übel zugerichtet? Sie gestand mir unter Seufzern und Thränen, daß sie an den Hof habe gehen wollen, von der Wache aber sehr unsanft zurück gewiesen worden sey. – Ich fragte die Frau Wahrheit, warum denn ihre Lippen so aufgeschwollen seyn, und sie antwortete, daß man ihr, als sie gegeigt habe, den Fidelbogen um den Mund schlug. Auf solche Weise ergieng es schon Manchem, welcher die Wahrheit sagte. Daniel wurde wegen ihr in die Löwengrube geworfen, und Johannes mußte die Freyheit, die Wahrheit gesagt zu haben, mit dem Kopfe bezahlen.

Solang einer sanft ist, und die wunde Stelle nicht berührt, da liebt man ihn, so bald er aber die Lauge zur Hand nimmt, und den Schaden aufdeckt; da hat die Liebe ein Ende. Wenn er den Großen der Erde sagt: sie sollen die Gerechtigkeit nicht zum Spinnengewebe machen, welches die starken Thiere nach Willkür zerreißen und nur Mücken darin hängen bleiben; sie sollen nicht seyn, wie die Distillierkolben, welche die armen Pflanzen bis auf den letzten Tropfen aussaugen; wenn er den Edelleuten vorwirft, daß sie den Barbierern ins Handwerk greifen, und mit scharfer Scheere scheeren; wenn er die Geistlichen beschuldigt, zu seyn, wie die Glockenschwengel, welche die Gläubigen zur Kirche rufen, selbst aber nicht zur Kirche kommen; wie die Nachteulen, welche bey Nacht das Oel aus den Kirchenlampen saufen, also von der Kirche leben, ohne ihr zu nützen.

»Frau Wahrheit, frage ich weiter, warum tragt ihr denn diesen weiten, mit Blumen besetzten Mantel, und was bedeutet der Fuchsschwanz um euerm Halse?« Sie antwortete, daß sie den Mantel schon lang trage, weil es Sitte sey, die Wahrheit zu bemänteln, und zu verblümen; den Fuchsschwanz aber habe sie um den Hals, weil sich die Schmeicheley gewöhnlich nach dem Kopfe zieht. Da erboste ich in meinem Sinne, und riß der Wahrheit Mantel und Fuchsschwanz ab. Beydes gab ich einem nahestehenden Bettler, welcher auch so gut Gebrauch davon zu machen wußte, daß er ein vorübergehendes, altes häßliches Weib, sogleich eine schöne, reitzende, goldene Frau nannte. Ich glaubte indessen, recht gethan zu haben, weil die Wahrheit überall nackt erscheinen soll.

Holla Welt - Der alte Hafen scheppert

Wer die Welt nennt ein Meer / der nennt sie recht; das Meer hat allerley gefährliche Klippen / Würbl und Sand-Bänck / also auch die Welt / darinnen stosset mancher an eine harte Felsen / sage / an einen harten Kopf an / also / daß sein Glück völlig zu Scheittern geht: In dem Meer fressen die grosse Fisch die kleine / so fressen dann auch in der Welt die Menschen untereinander / einer ist dem andern nachstellig und aufsätzig.

Wer die Welt nennet einen Glücks-Hafen der nennt sie recht / dann aus dem Glücks-Hafen hebt mancher eine goldene Schalen / der andere eine schlechte Pfeifen / auf gleichen Form ist die Welt eingericht / dieser hebt ein wohltreffendes glückseeliges Zetl / die meisten aber lauter Falso, Nulla, Nulla, Nulla.

Wer die Welt nennet ein Comödi oder Schauplatz / der nennt sie recht / dann auf diesem Schauplatz agiret bald einer einen König / bald einen Bauren / in der Welt wird einer bald erhebt bald unterdruckt / henut ist er ein Herr / Morgen wieder leer / bald ein Edler / bald wieder ein Bettler.

Wer die Welt nennet einen Garten / der nennt sie recht / dann wie in einen Garten Blumen und Unkraut untereinander / so seynd in der Welt Gute und Böse vermischt.

Wer die Welt nennet ein Narrn-Häusl / der nennt sie recht / dann nach Aussag des weisen Manns kap.l.16.Stultorum infinitus est numerus, der Narrn ist eine unendliche Zahl.

Wie aber soll ich die Welt nennen? Holla Welt! Ich frag dich? Was vor einen Titl soll ich dir zueignen? Wer bist du? Sags her / hast du es verstanden? Holla! Die Welt antwortet mir durch den Echo in dem Wörtlein Holla! Olla, das heisst auf Lateinisch ein Hafen oder ein Topff / so ist dann die Welt ein irdischer Topff? Ja / ja / in diesem Topff ist ein wunderliche Allapatrida (Mischmasch) / wann dann also so kann ich nicht anderst als denen Weibern nachfolgen.

Wann die Weiber auf Marck gehen / Kuchl-Geschirr und andere Sachen einzukauffen / so brauchen sie allzeit einen sonderbahren Witz und Verstand / wann sie da und dort ein schönes Geschirr sehen / schön grün glassirt / gläntzend / so seynd sie nicht gleich da / nehmen und kauffen solches / tragen es nacher Haus / sondern klopffen vorhero daran / wann es einen Runtz oder abbrechischen Klang hat / da sagen sie: ihr Narrn / der Hafen scheppert ja / hat aber der Topff einen langen klangsamen Klang / so heissts alsobald: der ist gut; Indeme dann Gott gleich anfangs einen Haffner abgegeben / und ein solches irdisches Geschirr / nemblich den Erdboden verfertiget / so glaube ich gewiß / daß von denen Händen des Göttlichen Haffners dieses Geschirr in aller Vollkommenhneit seye ausgemacht worden / weilen aber der Adam einen harten Apfel hat lassen durchfallen / so zweifle ich / ob es noch in voriger Gestalt seye: Welt! Was bist du? Sag an / Holla! Olla, bey meiner Treu der Hafen scheppert.

Ich klopffe auf ein andere Seiten / da scheppert der Hafen wieder / wie da? Die Freundschaft hat einen Bruch.

Ist dann der Mensch veränderlich? Ja freylich / befördrist in der Freundschafft / heunt Freund / Morgen Feind / heunt thut er die Fuß zucken und bucken / Morgen wünscht er den Teuffel auf den Rucken / heunt heisst es: der Herr ist Patron / morgen schaut er dich nicht mehr an / bald küsst er dich und will dich fressen vor Lieb / kehr umb ein Hand / heisst er dich einen Schelm und Dieb / alle Freundschafft der Welt ist unbeständig / fordrist die an besten gläntzet / dann sie ist gleich einen Fürniß / der öffters einen faulen Holtz einen Glantz anstreichet / welches doch inwendig voller Würm ist.

Klopff ich auf eine Seiten dieses runden Geschirr der Welt / auf welche ich immer will / so finde ich halt / daß es allenthalben scheppert / und klappert / nicht beständig in Klingen und Klangen / darumb ist es Wunder über Wunder / daß man gleichwohl dieses unbeständige Wesen also liebet / nach demselbigen also trachtet / als wanne es unzerbrechlich und ewig bestehen wurde.

Gewiß ist es / daß die Welt sehr mit Narren angefüllt / und ist keine Stadt / auch kein Fleck / und kein Dorff / wo nicht Leuth dieses Gelichters gefunden werden: Dann was ist die Sünd / und unordentliche Lieb zu einer irdischen Sach anderst / als eine grosse Narrheit?

Eine Lob-Rede

Der Rab hielt einsmahls ein Stuck Käß in dem Schnabl / der Fuchs / so nicht weit davon ware / sahe ihm auf dem Baum sitzen / und gedachte auf einen Arglist den Käß zu überkommen / dahero fienge der Fuchs eine Lob-Rede an und sprach: Gehorsamer Diener / O geheiligter Vogel! du bist ja der allernächste Befreunde des Adlers / wann der höchste Gott Jupiter einmahl sollte sein Pferd verliehren / da müssest du dessen Stell vertreten / es muß etwas hinter dir stecken / mein! Wie muß doch deine Stimm lauten ? Ich möchte nur gern wissen / ob du ein Discant, einen Tenor, einen Alt / oder einen Paß singest / damit ich dein Lob vollkommentlich allenthalben möge ausbreiten / der lasst sich von diesen schmeichlerischen Fuchsen verführen / macht den Schnabl auf / schreyet sein gewöhnliches : Cras / Cras / der Käß fallt herunter / der Fuchs darmit darvon; also loben dich auch die Schmeichler nur wegen ihres eigenen Interesses.

*

Es seyn die schmeichler wie die Bienen / die in dem Mund Hönig tragen / hinterwerts aber einen scharfen Angel haben.

*

Forn sieß hinten Spieß /
Forn hui ruckwerths pfui /
Bald kalt bald warm /
An Worten reich /
An Wercken arm.

*

Die Schmeichler seyn wie die Büchsen in der Apotheken / die auswendig einen schönen Titel führen / zum Exempel: Theriaca veneta Venetianischer Medritat / ist jedoch öffter ein Assa faedita, oder stinckendes Teufels-Koht darinnen / sie seyn wie die Meerfräulen / die so lang annehmlich singen / biß sie einen umb das Seinige bringen / die Schmeichler seyn wie der Wintergrün / der einen Baum zwar umbfangt / umbhalset / umbarmet / aber ihm zugleich Safft und Krafft benimmt.

Der Pfau

Ein Pfau hat die Göttin Iuno ganz inständig gefragt / sie möchte doch sein unterthänigste Bitt erhören: wie sie nun gefragt / was dann sein Begehren seye? Und was er so stark verlange? Um das bitte ich / sagt der Pfau / daß ich neben meinen schönen Spiegelfedern / auch könnte ein schönes Gesang / gleichwie die Nachtigall / haben / damit ich sowohl mit Gang und Gesang könnte den Leuten gefallen. Die Göttin Iuno machte hierüber gar kein freundliches Gesicht / und gab ihme zu verstehen sein uvnerschämtes Begehren / ja / er Pfau / solle mit dem Pracht und Glanz seiner Federn zufrieden seyn / und nicht gar zu viel begehren / dann ihr Brauch seye nicht / daß sie einem alles pflege zu geben / sondern einem dieß / dem andern etwas anders. Dieses ist zwar ein Gedicht / unterdessen aber ist es eine allbekannte Warheit / daß der vorsichtigste Gott durch seine grundlose Weißheit alles dergestalten eingerichtet / daß er keinem Menschen alle Gaben mitgetheilt / sondern einem dieses spendiret / dem andern was anders.

Die Prahlerey

Ein Fuchs begegnete einst einem Maultier, und erkundigte sich unter anderm auch nach dem Stande seiner Ältern. Das Maulthier schämte sich zu gestehen, daß sein Vater ein Esel war, und erwähnte daher nur der Mutter, welche, wie es sagte, in dem königl. Marstalle Verwandte habe. Wie viele Menschen giebt es welche ihrer Herkunft sich schämen, und durch unverschämte Lügen, und Prahlereyen die Dunkelheit derselben zu bemänteln suchen. Im Orient war eines ein Fürst, welcher seine Staatsdiener aus den untersten Ständen wählte, und sich gut dabey befand. Damit sich diese Emporkömmlinge indessen nicht übernahmen, befahl er, daß bey öffentlichen Gelegenheiten jedem derselben das Sinnbild des vorigen Standes vorgetragen werden sollte, Eine vortreffliche Einrichtung! Zu wünschen ist, daß sie allgemein eingeführt würde. Mancher, der jetzt vor Stolz sich nicht kennt, und mit Verachtung auf andere herabblickt, würde in seinem Schilde ein Beil, ein Begeleisen, einen Pfriem, oder sonst ein Abzeichen eines ehrlichen Handwerks erblicken.

Für diesen Zustand sind Krebse sehr zuträglich. Diese Thiere gehen rückwärts, und da hat man schön Gelegenheit, sich zu erinnern, woher man kömmt, und seines gegenwärtigen Zustandes wegen nicht stolz zu werden. Möchten Menschen, welche aus niederm Stande sich erheben, und stolz auf ihre Erhebung sind, auch auf dem Rücken Augen haben, um in die Vergangenheit zurücksehen zu können!

Ein Mann, welcher durch Kenntnisse, Industrie und Sparsamkeit zu großem Vermögen gelangt war, ließ das kleine Häfelchen, in welchem er als armer Junge die Suppe aus den Häusern seiner Wohlthäter zusammengetragen hatte, in Silber fassen. Es stand immer auf seinem Eßtische, und er unterließ niemals, auch wenn er Gäste hatte, daraus zu trinken, und seiner Wohlthäter sich dankbar zu erinnern. Solche Menschen verdienen Ehre, und allgemeine Achtung; Glückspilze aber, welche im Glücke stolz werden, ihres vorigen Zustandes vergessen, ihrer Abkunft, und armer Verwandten sich schämen, und durch ihre Aufgeblasenheit aller Menschen Augen zu betäuben suchen, sind, und bleiben der Gegenstand allgemeiner Verachtung.

Auf der Suche nach Redlichkeit

Da ich bemerkte, daß die Redlichkeit am Hofe nicht zu finden sey, so begab ich mich in den Laden eines Kaufmanns. Gleich bey dem Eintritte sah ich etwas, welches mich vermuthen machte, auch hier nicht glücklich zu seyn. Ein Schild war ausgehängt, auf welchem mehrere Bücher in einem großen Feuer dargestellt waren. Ich erkundigte mich nach dem Sinne des Bildes, und der Kaufmann sagte mir, daß er damit anzeigen wolle, seine Creditbücher seyen verbrannt, und er könne nichts mehr auf Credit hergeben. Also auch hier keine Treue, kein Vertrauen, keine Redlichkeit. Im Hintergrunde des Ladens saßen ein paar Freunde, welche sich ein Frühstück trefflich schmecken liessen. Ich fragte nach ihrem Namen, und erfuhr, daß der Eine ein vornehmer Herr, und der Andere ein Schmarotzer sey, welcher sich von jenem fett füttern lassen. Bei dem Schmarotzer fielen mir die Freunde des Job ein. So lange dieser reich war, hatte er eine Menge Freunde, welche kamen und das Brod mit ihm aßen. Sobald er aber arm war, verschwanden sie. Solche Scheinfreunde gleichen den Schwalben, welche so lange bleiben, als schöne Witterung ist, bey kaltem Winde aber entfliehen; den Fliegen, welche nur so lange verweilen, als sie zu fressen finden; den Blutegeln, welche abfallen, sobald sie sich voll angesoffen haben.

Ich versuchte es, die Redlichkeit in dem Hause zweyer Brüder zu suchen, welche, wie das Gerücht sagte, in vollster Eintracht lebten. An der Hausthüre kam mir schon die Falschheit entgegen, und ich wurde belehrt, daß sie in diesem Hause überall den Vorsitz habe, doch unter einem so dichten Schleyer, daß nur ein geübtes Aug sie erkennen kann. Unter den ersten Brüdern herrschte sie schon, gieng dann in Eifersucht, und endlich in solche Feindschaft über, daß Kain den Abel erschlug. Manche Freundschaft gleicht jener des Bauern zu dem Fuchsen. Ein Fuchs, welcher von dem Jäger arg verfolgt wurde, rettete sich in die Scheuer eines Bauern, und bat ihn inständig, ihn da zu verbergen. Er versprach dagegen, die Hüner und Gänse auf seinem Hofe für immer zu schonen. Der Bauer war damit zufrieden, und verbarg den Fuchs unter einigen Burden Stroh. Kaum war es geschehen, als schon der Jäger kam und fragte, ob der Fuchs nicht vorüber gekommen sey. Dort auf dem Felde habe ich einen laufen sehen, sagte der Bauer, winkte aber zugleich dem Jäger, daß er unter dem Stroh verborgen sey. Zum Glücke bemerkte der Jäger diese Winke nicht, welche der Fuchs aus seinem Hinterhalte sehr wohl bemerkt hatte. Als die Gefahr vorüber war, kam er hervor, und der Bauer rühmte sehr den geleisteten Dienst. »Deine Worte, sagte der Fuchs, waren gut, aber deine Handlungen stimmten nicht damit überein.« Er ließ den Treulosen beschämt stehen und fraß ihm seine Hühner, wie zuvor.

Mein Weg führte mich nun zu zwey Eheleuten. Auf den ersten Anblick sollte man geglaubt haben, daß hier kein Falsch herrsche, bald sah ich indessen die Falschheit im Hintergrunde ihr Wesen treiben. Der Herr hatte seine geheime Wege, und die Frau war eine Verwandtin der Gattin des Putiphar, welche ihren Verwalter lieber hatte als ihren Mann. Er war einfältig und sie schlau. Als einst eine nahe Verwandtin starb, ohne ihm etwas zu hinterlassen, erboste er sich sehr darüber, und behauptete, daß er, wenn alle Teufel aussterben sollten, nicht einmal ein paar Hörner eben würde. »Sey doch zufrieden, tröstete ihn seine Frau, wir haben ohnedem genug.«

Wahr ist, daß in keinem Stande mehr Falschheit vorgeht, als im Ehestande. Brautleute zeigen sich sehr oft von einer ganz anderen Seite als sie sind. Die geheimen Gebrechen werden sorgfältig noch mehr verborgen. Mancher erscheint als ein liebvoller, nachgiebiger Mann, und später zeigt er sich als ein Zänker, oder Trunkenbold. Manche ist im Brautstande so sanft, daß sie sich formen läßt, wie Wachs, und nachher wird sie ein störrisches, unbiegsames Weib, welches dem Mann das Leben zu Hölle macht. Oft wird ein großes Vermögen angegeben, und man sieht sich nachher getäuscht, oder es finden sich geheime Schulden. Die Braut scheint als Mädchen eine gute Haushälterin, und als Frau versteht sie nichts von der Wirthschaft, oder will sich nicht darum annehmen. Alle diese Täuschungen, und Falschheiten kommen endlich an den Tag, und machen eine unzufriedne, unglückliche Ehe.

*

Gerichtsstellen, und Obrigkeiten sind dazu bestimmt, das Recht zu schützen, und die Wahrheit handzuhaben. Wie viele Partheylichkeit, falsche Zeugnisse, falsche Schwüre? Falschheit hat sich leider überall eingeschlichen. Es giebt viele, welche zwar eine heilige Außenseite haben, inwendig aber voll Falsch sind.

*

Wie Mancher, wie Manche, decken ihren Lebenswandel durch Scheinheiligkeit? Sie sind die Ersten, und die Letzten, bey dem Gebethe, in den Kirchen; in ihren Wohnungen aber herrschen Sünde und Verbrechen.

Wie können diese Menschen es wagen, sich Christen zu nennen? Sie gleichen den Apothekerbüchsen, welche mit schönen goldnen Aufschriften prangen, und oft die bittersten, ekelhaftesten Dinge enthalten. Wehe solchen Christen! Wehe denen, welche den Namen des Stifters der Religion tragen, aber seinen Werken nicht folgen.

Die nassen Zuhörer von Rimini

Der wunderthätige Antonius Paduanus predigte einsmals in der Stadt Rimini die Lehr Jesu Christi / welcher Doctrin der Ketzer Bombellus samt den mehresten Inwohnern zuwider waren / welches dann verursachet, daß Antonius unter seiner Predigt wenig Zuhörer bekommen. Ja mit der Weil nichts / als höltzerne Zuhörer / nemlichen die Herren von Bankenriedt und Stüllingen: will sagen / nichts nichts als Stül und Bänck in der Kirchen. Solches schmertzte Antonium, daß denen Riminesern besser schmeckten die Egyptische Knobloch deß Bombelli, als das süsse Manna deß Wort Gottes. Wann dann /sagt Antonius, der Saamen deß Göttlichen Worts dieser Erden mißfället / so will ich ihn werffen in das Wasser / und weilen mich die Menschen verachten / so werden mich doch die Fisch anhören. Antonius in grossser Beglaitschaft gehet zu dem Gestatt deß Meers / fängt an zu predigen das Evangelium Jesu Christi. Sihe Wunder! Bey dem schönen trucknen Wetter lauter nasse Zuhörer / maßen alle Fisch gantz eylfertig dem Gestatt zu geschwummen / die Köpff auß dem Wasser gehebt / und der Predigt zugehöret.

Die Karpffen mit Rogen / seynd all hieher zogen / Haben d' Mäuler auffgrissen / sich deß Zuhörens beflissen. Kein Predig niemalen den Karpffen so gefallen.

Spitzgoschete Hechten / die immerzu fechten / seynd eylend hergschwummen / zu hören den Frommen. Kein Predig niemalen den Hechten so gfallen.

Platteißl so da klein / Wollten die letzten nicht seyn/ Antoni z Ehren / sein Predig zu hören. Kein Predig niemalen den Fischln so gfallen.

Auch jene Phantasten / so gmeinglich beym fasten / thue Stockfisch verstehen / hat man auch da gesehen. Kein Predig niemalen dem Stockfisch so gfallen.

Sardellen gut Bißln / wanns ligen in Schüßln / schwimmen embsig zu Port / zum Göttlichen Wort. Kein Predig niemalen den Fischln so gfallen.

Gut Aalen / gut Hausen / Vornehme gern schmausen / sich daher bequemen / die Predig vernehmen. Kein Predig niemalen dem Hausen so gefallen.

Die Sälbling und Äschen / sonst trefflich zum naschen / vor freuden schier gsprungen / zuhören die Zungen. Kein Predig niemalen dem Fisch so gfallen.

Auch Krebsen / Schildkrotten / sonst langsame Botten / steygen eylends vom Grund zuhören diesen Mund. Kein Predig niemalen den Krebsen so gfallen.

Fisch grosse / Fisch kleine / Vornehme und Gmeine / heben in d' Höh die Köpff / wie verständige Geschöpff. Auf Gottes Begehren Antonium anhören.

Nach vollendter Predigt deß wunderthätigen Manns habn alle Fisch die Köpff geneigt / und sich bedanckt der wunderschönen Lehr. Nachmals wiederum unter das Wasser geschwummen. Aber Fisch verblieben / wie zuvor: Der Stockfisch ein plumper Großkopff geblieben / wie zuvor: Der Hecht ein Karpffen-Dieb geblieben / wie zuvor: Die Krebsen zurück gangen / wie zuvor: Die Aale geile Gesellen geblieben / wie zuvor. In Summa / die Predig hat ihnen gefallen / aber sie seynd geblieben / wie zuvor. Also gehen viel Neydige in die Predig / hören / wie Gott so scharpff gestrafft / den Neyd des Cains / deß Sauls / des Esaus / der Brüder Josephs / aber bessern sich nicht: Viel Hoffärtige gehen in die Predig / hören / wie der gerechte Gott so scharpff gezüchtiget die Babylonier / der Agar / deß Lucifers, deß Nabuchodonosor / deß Antiochi / deß Amman / ec. Aber bessern sich nicht: viel Dieb gehen in die Predig / hören / wie die Göttliche Justitz ist kommen / und gestrafft hat den Diebstahl deß Achau / deß Judae / deß Nabaths / ec. Und bessern sich nicht: Viel Unzüchtige gehen in die Predig / und vernemmen nicht ohne Schröcken / wie der Allmächtige gestrafft hat den Ammon / den Herodes / den Holofernes / die Sodomiter / die Silchemiter / ec. Und bessern sich nicht / dann sie können es nicht mehr lassen / wie die Katz das Mausen / wie der Wolff das Zausen / wie der Ochs das Rehren / wie das Schaaff das Blärren / die Gewonheit ist ein eyserne Pfaidt / die Gewonheit ist schon in der Natur / und die Natur ist in der Gewonheit. Ein alten Baum biegen / das kann ich nicht / ein alten Hund guschen lehren / das kann ich nicht / ein altes Mahl auß einem Klaid bringen / das kann ich nicht / einem ein alte Sünd abgewöhnen / das kann ich noch weniger. Sicut erat in principio ein Weinkauffer / & nunc ein Weinsauffer / & semper ein Weintauffer.

Er läst es nicht. Es ist kein Thier auf der Welt / welches ein so unbeständiges Leben hat / als ein Fisch / wann derselbe nur ein wenig ausser Wasser / so erbleicht er schon / der Ursachen hat Christus lauter Fischer zu seinen Aposteln genommen / und uns Menschen Fisch genennt / damit wir sollen erkennen / wie unbeständig und wanckelmüthig das Menschliche Leben sey.

Er läst es nicht. Es ist kein Thier auf der Welt / welches ein so unbeständiges Leben hat / als ein Fisch / wann derselbe nur ein wenig ausser Wasser / so erbleicht er schon / der Ursachen hat Christus lauter Fischer zu seinen Aposteln genommen / und uns Menschen Fisch genennt / damit wir sollen erkennen / wie unbeständig und wanckelmüthig das Menschliche Leben sey.

Schiffbruch

Ein Kauffman litte bald / nach seinem angefangenen Handel / einen Schiffbruch auf dem Meer / also daß ihne auf einmahl viel Fässer mit Feigen zu Grund gangen / wessenthalben er ziemlich bestürzt worden / weil ihme aber ein guter Freund eine namhaffte Summa Geld vorgestreckt / und ihme eingerathen / er möchte den vorigen Handel ferner forttreiben / er werde darbey einen ehrlichen Gewinn finden / das laß ich wohl bleiben / gab er zur Antwort: Ich bin dieser Tagen am Ufer des Meers gestanden / und hab wahrgenommen / daß es ganz still und züchtig gewesen / dahero mir eingebildet / es stelle sich mit allem Fleiß also ehrbar / und möchte gern wiederum Feigen fressen / dahero ich dem schleckerhafften Meer nicht mehr traue / ich will hinfüro mit Pfeffer handlen / so bin ich alsdann sicher vor des Meers Schlecker-Maul / wer mich einmahl hinter des Licht führt / dem traue ich nimmermehr. Es scheinet zwar / daß dieser Kauffmann in etwas einfältig gewesen / allein in dem Fall können wir ihme wohl nachfolgen / daß wir demjenigen nicht mehr sollen trauen / der uns so oft betrogen / und dieses ist der laidige Sathan / welcher die erste Eltern und folgsam so viel Millionen Seelen hinter das Licht geführt: Wann dieser verfluchte Geist schon sein Hilff und Beystand verspricht / so bestehet doch alles in lauter Betrug.

Der Schmeichler

Wann er dich schon lobt ins Gesicht / es geht ihm nicht von Hertzen / sein Hertz und sein Zung seyn weiter von einander als Schaffhausen und Kitzbüchl, seine Wort und Gedancken seyn so nahend aneinander als Freyburg und Neuburg, seine Zungen ist allzeit von Glattau, aber die Werk von Lauffen, mit seiner Parolla und Versprechen ist er ein Herr von Sonnen-Feld, kommt es aber zur That / so ist er von Trübs-Winkel, er ist wie die Apothecker-Pillen / die seyn auswendig geziert mit einem goldenen Hui / inwendig aber lauter Pfui / er lobt dich wohl / aber er liebt dich nicht / sondern nur das Deinige / er kitzlt dich dessentwegen durch seine Schmeichlerey / damit er sein erwünschtes Vorhaben erlange; Schmeichler / Schmarotzer / Schlicker / Schlenkel / Schwätzer / Schelm / sag es noch einmahl / die fangen alle von ein Sch. An. Blanditor idem ac proditor, der Ursachen sagt Alduinus ist die Schmeichlerey eine Sünde / weilen man einen lobt nur dessentwegen / damit man von seinem Nebenmenschen aus zur lauterm Eigennutz etwas fischen und erwischen möge.

Die Täuschung

Ein Andrer bekömmt ein Weib, welches einen Mannennamen hat, denn sie heißt: Schweig-Hart. Dieses böse Weib hat an einer Zunge zu viel. Manche Mühle ruht doch manchmal, an Feyertagen, oder wenn der Bach gefroren ist, oder wenn er der Sommerhitze wegen die Schwindsucht hat. Das Rad in dem Munde des bösen Weibes lauft immerdar. Ihre Musik macht keine Pausen, und sie hätte einen guten Stunderufer gegeben, weil sie niemals ruht. Kein Wunder daher, wenn der Mann sie behandelt, wie die Thürangeln, welche man schmiert, wenn sie knarren. Eine solche oft geschmierte Thürangel mochte wohl des Spasses überdrüßig seyn. Sie beredete sich daher mit einigen Freundinnen, welche als himmlische Jungfrauen erscheinen, und dem Ehemann seine ausgetheilten Schläge zehnfach zurückgeben sollten. Des Abends kam der Mann zu Hause, und, als die Frau ihn noch bärbeissiger, als gewöhnlich empfieng, wollte er sein gewöhnliches Mittel anwenden, allein plötzlich kamen die himmlischen Beystände, und der Ehemann wurde übel zugerichtet. Nach überstandner Züchtigung warf er sich seiner Ehehälfte zu Füssen, und dankte, daß sie nicht die hl. Ursula mit den 11000 Jungfrauen zu Hülfe gerufen hatte, weil er sonst sein Leben eingebüßt hätte. Das Geschichtchen sey nun wahr, oder nicht, so viel ist indessen gewiß, daß unter vielen Eheleuten ein Leben herrscht, wie zwischen Hund und Katze, und daß dann beyde Theile ausrufen: Ach, hätten wir das gewußt! Ihr Thoren! Hättet ihr vorher geprüft.

*

Die Ungleichheit der Gesinnungen, und des Charakters unter den Ehelaeuten ist die Ursache des Unfriedens unter ihnen.

*

Im Ehestand soll Einigkeit herrschen, und Eheleute sollen nur ein Leib und eine Seele seyn.

*

Wie viel Ehen giebt es, in welchem dieses der Fall ist? Da sind Leidenschaften aller Art, besonders aber die Eifersucht, welche den Frieden stören. Der eifersüchtige Ehemann will, daß seine Gattin den ganzen Tag hinter dem Ofen sitze; daß sie sich im Jahr nur einmal sehen lasse, wie der Palmesel; daß sie stumm sey, wie ein Carthäuser. Er belauert alle ihre Schritte, und wenn sie seufzt, wünscht er; daß der Seufzer ein Glöckchen seyn möchte, um ihm anzuzeigen, wohin er geht. Die eifersüchtige Frau gleicht den Fröschen im Sommer. Diese grünen Gäste singen und schreyen den ganzen Tag in ihren Teichen , und ihr Geschrey lautet, wie: gieb acht, gieb acht! So auch die Eifersüchtigen. Geht der Mann aus, gieb acht! wohin er geht. Redet er mit einer andern; gieb acht! wie er sie anlächelt. Steht er neben einer andern; gieb acht! wie er ihr die Hände drückt. Eine solche Thörin sah einst, daß ihr Mann oft die Bußpsalmen bethete, und sie hielt ihn für einen Ehebrecher. Diese armen Betrognen seufzen nun: Ach hätten wir das gewußt! Ihr hättet es wissen können. Ihr hättet wissen können, daß in dem Ehestand, wenn nicht Zutrauen, und Einigkeit die Grundlage ist, kein Friede herrsche.

*

Wenn die Ehe unglücklich ausfällt, ist es immer ein sicheres Zeichen, daß die Eheleute, wie die Schrift sagt, zusammen kamen, wie Pferde und Maultiere, welche keinen Verstand haben.